El día de nuestra partida

Pierre Dávila Díaz

El día de nuestra partida

Pierre Dávila Díaz

Avant editorial

Primera edición, agosto de 2023

Diseño y Edición:
Avant editorial
Avenida de Londres, 6, Portal 1, Atico A,
28500 Arganda (Madrid)
www.avanteditorial.com
info@avanteditorial.com

ISBN: 978-84-19970-01-5
IBIC: FA
DEPÓSITO LEGAL: M-27265-2023

A una mujer de gran inteligencia y altas cualidades.

«Viviendo todo falta, muriendo todo sobra»

Lope de Vega

CAPÍTULO 1

Sin duda, la historia que voy a narrar no se la desearía ni a mi peor enemigo.

Y es que había pasado por una selva de emboscadas y torturas.

Una de ellas fue el cáncer terminal de la abuela Dora. En un inicio se me ocultó su enfermedad o quizás pensaban que no me interesaba, porque era alguien muy desapegado, poco expresivo y un sinfín de etcéteras.

Pero, a fin de cuentas, notaba que algo no andaba bien con ella: sentía fuertes dolores o lloraba por su repentina delgadez. Algunas cosas que hasta el mismo idioma español no me perdonaría si describiera sus infinitas manifestaciones sintomatológicas.

Aún recuerdo la Navidad de 2017, estábamos reunidos como casi siempre. Era una Navidad, donde por primera vez escuché que el sonido de los cubiertos cortando la carne y el de las tazas silenciaba al de los villancicos.

Luego, la abuela, cuando estaba a punto de sentarse, se desmayó.

—¡Tía Dora!, ¡¡¡no te mueras!!! —gritó la prima Luz María.

—¡Mujer! ¡¿Qué tienes?! —preguntó el abuelo Máximo.

—Adiós Navidad… —dije para mis adentros.

En menos de una fracción de segundo, ayudé a la abuela a incorporarse con la ayuda de mi prima. Le acercamos un algodón con alcohol para que esta oliera. Ella despertó poco a poco. Casi una hora después, llegaba el médico. Le hizo el respectivo chequeo y le dijo a la prima Luz María en un rincón de la casa:

—Luz María, hay que estar preparados. Lo siento.

Luz María asintió con la cabeza al doctor, miró al piso y aguantó todo lo que pudo antes de soltar el primer moqueo. Luego caminó, a paso raudo, al cuarto de baño a llorar. Fueron unos pocos minutos el tiempo que estuvo escondida recomponiéndose.

Se secó los ojos con sus antebrazos canela y luego fingió una sonrisa diplomática hacia la mujer que la educó desde niña, cuando su padre fue encarcelado por matar a su madre (la hermana de la abuela Dora) por celos.

—¿Qué pasa hija? —preguntó la abuela Dora.

—Nada, tía —respondió Luz María.

Luego la prima propuso tomarse fotos con la abuela junto al arbolito de Navidad y al nacimiento (yo me abstuve a tal espectáculo de relaciones públicas).

Cuando Luz María abrazó los débiles y huesudos brazos de su tía, antes de tomar la instantánea, no se aguantó y se fue a llorar otra vez al baño.

La abuela Dora se dio cuenta y empezó a llorar también. Yo solo le manifesté ayuda instantánea:

—Tranquila, abuela, cálmese, le va hacer daño —le dije.

—¿Cuándo me voy a curar? ¡Mírame! Estoy toda flacuchenta y sigo bajando de peso… —respondió la abuela Dora.

Opté por afirmar con la cabeza y, al mismo tiempo, me mordí la lengua para que esta no dijera una verdad capital.

CAPÍTULO 2

Era 1 de enero de 2018. Era el cumpleaños de mi madre y, como era evidente, esta no tenía ganas de celebrar nada. Solo quería estar con su madre hasta que ese día llegara, además, se sentía culpable por no haber pasado la Navidad con ella porque estaba agripada.

Sin embargo, yo evitaba ver a la abuela desde esa Navidad. Le había dicho a mi madre que me avisara por el celular de si algo pasaba con la abuela. Pensaba que, si algo debía terminar, que terminase de una vez.

En una ocasión, deseé la muerte de la abuela para que esta no sufriera.

«¡Que se muera de una vez! ¡Pero ya! ¡Por un demonio!», pensé para mí. Luego hice una introspección sobre que desear la muerte de la abuela Dora era de ser desagradecido; pero, en esta ocasión, y con una cierta edad a cuestas, pensaba que mi deseo hacia esta era un acto de misericordia.

CAPÍTULO 3

Al día siguiente, a las 20.00, leí un mensaje de voz de mi prima Luz María en mi celular: «Primo, he tenido que sedar a mi tía para que no sienta más dolor».

Decidí llamarla:

—Prima, acabo de leer tu mensaje —le dije.

—Ella aún te escucha —respondió Luz María con un sollozo incontrolable.

—Por favor, si quieres decirle algo, díselo ya. Porque después no podrá abrir los ojos más —agregó Luz María. Con un sollozo más incontrolable aún.

En ese momento, me puse mi casaca de cuero negra, unos *jeans* y un par de zapatillas blancas que tenía a la mano. Guardé parte del dinero que recién había cobrado y lo coloqué en un pequeño papel higiénico para ir rápido a verla.

Pero, para el colmo del contexto presenciado, no llegaba ningún taxi que acudiera a mi pedido de ida urgente. Entonces, decidí ir corriendo: no podía perder tiempo. Mientras corría, pensaba en los momentos en los que ella fue una bendición para mí y en palabras de su hija (mi madre): «Una bendición para ella».

Y es que, por casualidades de la vida, había nacido cinco meses después del fallecimiento de los padres de la abuela Dora. Sí, sus padres habían fallecido en un viaje de vacaciones a la Selva. La camioneta en la que iban de viaje cayó a un precipicio, ya que el conductor no pudo ver el abismo por las torrenciales lluvias. Aquel acontecimiento, sucedido en agosto de 1987, quitó hasta las ganas de comer a la abuela y a este se le sumó la hiperinflación y la guerra contra los terroristas que destruían, día a día, la República Democrática de los Metales y la Melancolía, donde el futuro, en definitiva, se tornaba totalmente incierto.

CAPÍTULO 4

Ahora estaba en la puerta del edificio de Luz María. Cerca de la abuela. Mi corazón latía con descontrol. No sabía si era producto de la corredera materializada o de los sentimientos al tener que dar el último adiós a las manos de una gran cocinera, la costurera de familia o de la mujer quien decía a los visitantes de su humilde casita: «¿Almorzó?».

Marqué el 301 y luego presioné el botón para llamar al intercomunicador de Luz María:

—Soy Fabián —anuncié.

Luz María no respondió, solo abrió la puerta desde su intercomunicador. Empecé a subir rápidamente las escaleras hasta el tercer piso, donde estaba su apartamento. Me detuve.

—¿Dónde está la abuela? —pregunté.

—Allí está —respondió Luz María mientras señalaba el cuarto, aquel que había acondicionado para la abuela Dora. Me volví hacia la dirección señalada y mi instinto de apuro me llevó hacia allá para finalmente tirarme de rodillas al costado derecho de su cama. Y le dije lo que tenía que decirle sin perder más tiempo:

—Abuela, para los pañales y las medicinas, y muchas gracias por todo —le dije tragando hiel y otras cosas.

—Ya, ya... Gracias, hijito, gracias por todo... Y córtate esa barba, que solo lo usa la gente cochina —respondió la abuela Dora mientras me tocaba las mejillas para cerciorarse de que estaba sin afeitar, ya que no podía abrir sus ojos.

A partir de aquel día, nunca más la volví a ver. Había muerto un cuerpo de setenta y nueve años, que luego sería el bocado de larvas y gusanos. Los más felices al terminar un entierro.

CAPÍTULO 5

La abuela murió el 7 de enero de 2018 a las 5 de la mañana. La prima Luz María me contó que, antes del último canto de la abuela, la escuchó musitar: «Dios mío, qué feo es morirse».

Luego, lloraron los que tenían que llorar. Algunos fingieron tan bien aquel sentimiento humano que luego preguntaron a Luz María si darían café y galletitas en las exequias.

Y ni que decir de la posterior pesada misa (a la que no fui), el estúpido luto obligatorio (que no ostenté) y la manada de rostros conocidos y desconocidos que contaban del pasado de la abuela Dora entre murmullos y zalamerías. Pero pasaron como un frenesí.

CAPÍTULO 6

Una mañana de marzo de aquel mismo año, mientras terminaba de nadar en las aguas frías de playa Totora para relajarme un poco, había advertido que debía pasar tiempo con lo que me quedaba de familia: mi madre, su padre (mi abuelo), la prima Luz María y el tío Alberto.

Arreglado para ir a visitar al abuelo, que se hospedaba en el apartamento de la prima Luz María, y donde estaría mi madre, que también le visitaba cada domingo, hubo algo que no me imaginé experimentar:

—¿Qué sucede? —pregunté.

—Al tío Alberto le han detectado un tumor maligno —respondió mi madre. Ladeaba de un lado a otro su cabeza, lo cual interpreté como «¡Dios mío, Dios mío! ¿Acaso estamos malditos?».

—¡¿Por qué, Dios mío?! ¡¿Por qué?! —agregó mi madre, cuyas venas de sus sienes parecían que reventarían en cualquier momento, como cuando incurría en una errata al momento de mecanografiar una sentencia en el Juzgado de Familia.

—Tranquila, vieja —le dije. Mientras le sobaba su lomo, y al mismo tiempo, trataba de digerir el mensaje apretando los maxilares. La prima Luz María entretenía al abuelo Máximo en su cuarto para que este no escuchara la conversación y no le bajase el azúcar.

La hipótesis de Luz María —la enfermera de la familia y del hospital en el que trabajaba ya tres años (desde los veinticuatro años)— era que el padecimiento del hijo mayor de la abuela Dora fue una consecuencia del estrés permanente desde que este recibió la noticia del diagnóstico de su madre, a quien se aferraba desde que esta le daba el pecho.

En ese momento, sentí algo en mi cabeza que mi razón no era capaz de explicar.

CAPÍTULO 7

Decidí ir a ver al tío Alberto.

Ya en su casa, localizada frente al frío mar de Totora, sentí que estaba en un museo donde presenciaba un lienzo lúgubre, donde no había sol al medio día, donde la mugre y el olor a sobaco se habían apoderado de él.

—¡Mira, mira! —dijo el tío Alberto mientras se rompía los tres primeros botones de su camisa importada para enseñarme el tumor, que le crecía en forma de cuerno cóncavo en su esternón, para enseguida ponerse rojo de rabia y echarse a llorar. Luego se sentó en su sillón Chesterfield de cuero marrón tratando de tranquilizarse, cuando ya estuvo calmado, se recostó en él como un globo desinflado.

De inmediato, empezó a mirar el techo. En ocasiones daba cierto temor, pues repetía con la mirada vaga y la boca media abierta: «Yo nací un día en el que Dios estuvo enfermo».

Pensé que quería matarse. Pensé que lo haría delante de mí. Pero, luego, lo pensé mejor y no lo creía capaz. Tenía una doble ancla pesada: su mujer e hijo adoptado. Igualmente, no quería preguntarle: «Tío, ¿se quiere matar?». No. Prefería ser prudente y callar.

Mientras lo miraba, con una cierta sensación de no sé (hasta ahora no encuentro la palabra). Empecé a rememorar una experiencia que tuve, de infante, allá por 1998, cuando acompañé a la familia de mi madre a presenciar nuestro primer velorio, donde los mencionados miembros de su familia lloraron cuando murió el primogénito del tío Alberto. La maldita suerte. El primer bebé del tío había nacido con un corazón de gelatina y la parca vio su oportunidad y lo masticó sin remordimiento para luego deglutirlo.

El tío Alberto había visto rota su ilusión de ser padre primerizo. Su dolor humano no solo se veía reflejado en sus sollozos desesperados, sino en buscar tomarse fotos abrazando y sosteniendo al bebe muerto, que había sacado del pequeño ataúd, haciendo uso de una cámara de esas cuadradas con el *flash* de los años noventa, de las que, al llevar las fotos a revelar, te encontrabas con casi todas desenfocadas.

—¡No puedo compadre! ¡No puedo! —decía el tío Alberto mientras sollozaba de impotencia al intentar sin éxito posar con aquel pequeño ser para tomarse una instantánea para el recuerdo. Luego se tiró a la grama y se cogió el rostro con las manos, como si quisiera arrancar el sufrimiento de su rostro.

Mi madre y mis abuelos lloraban con distintos niveles de intensidad. Incorporaron al tío Alberto para no seguir viéndolo desfallecido.

—Hijo, por algo Dios se lo habrá recogido —decía mi abuela Dora mientras se limpiaba los ojos con un pedacito de papel higiénico.

—Hermano, quizás ese niño hubiera sufrido más, de haber vivido un poco más —dijo mi madre.

—Así es la vida hijo, así es la vida… —decía el abuelo Máximo en una gran muestra de estoicismo.

Al instante, el abuelo me abrazó de costado apretando fuerte mi hombro, ya que se percató de que podría afectarme aquella escena dantesca. Yo seguí presenciando el fresco: *La muerte del que no pudo pecar*.

El punto fue que ese fue mi primer acercamiento a la pregunta del apego hacia las personas, aunque el conocimiento no lo poseía aún, presentía que el apego no era bueno. También, aunque era muy niño, presentía que ser padre te hacia vulnerable. Y más aún si el hijo de tu sangre nacía enfermo. Y, en definitiva, pensar eso me dio cierto temor.

El tío Alberto me despertó de aquella remembranza infantil noventera.

—¿Te quedas a almorzar? —preguntó el tío Alberto con cierto desgano.

—No, ya estoy lleno, tío —respondí.

—Estoy jodido pero no estúpido, ¿entiendes?... Si no quieres almorzar con un enfermo como yo, no te obligaré. Si esto te da asco, pena, lástima... Entiendo. Estoy enfermo, pero no estúpido —respondió el tío Alberto con exaltación volcánica, al punto de romper su título enmarcado de doctor en Historia de un puñetazo, que colgaba en la pared, cerca de su foto de matrimonio. Para suerte suya, no se cortó la mano.

Yo guardé silencio, pues no ameritaba respuesta de mi parte. Sabía por lo que estaba pasando y también por lo que había pasado con su madre.

—Disculpa, Fabián. No quise decirte eso —dijo el tío Alberto.

—No se preocupe, tío. Me quedo con la condición de que se bañe, por favor. Usted siempre ha estado presentable y pulcro, lo ha sido siempre. No puede dar esa imagen ante los demás, menos ante sus alumnos del doctorado en Historia que lo aprecian tanto. Además de sus lectores, tanto en el semanario, como en sus libros —le respondí.

El tío persuadido por aquella disertación improvisada mía subía al segundo piso a duras penas, donde quedaba el cuarto de baño para asearse; pero, una vez que su figura de casi sesenta décadas desapareció por un instante, intuí que no estaba preparado para aquel episodio de terror que estaba a punto de comenzar.

CAPÍTULO 8

Después de terminar de almorzar con el tío Alberto y cuando este se fue a lavar su plato y cubiertos, empezaron a nacer imágenes en mi cabeza de rato en rato y voces que buscaba hacer desaparecer golpeándome la frente amplia con los bordes de mis manos de cuando en cuando. Algo no estaba bien conmigo, de eso estaba seguro. Por tal motivo, decidí aprovechar el momento para despedirme del tío para que no me viera preocupado.

Para despejarme, decidí ir a inscribirme en la Biblioteca Americana, donde buscaba leer en inglés y mejorar en el idioma; pero, en medio del proceso de mis lecturas en aquella lengua, llegó un niño de aproximadamente ocho años.

El niño era calvo y sin cejas, de semblante cenizo y con el rostro hinchado. Sonrió ante la asistente de biblioteca, a quien le entregó su carnet de usuario, y se dirigió hacia mi mesa para luego sentarse junto a mí.

El niño leía una versión infantil del *Príncipe feliz*. Yo perdí la absoluta concentración con mi lectura al mirar el contraste entre el colorido libro y su inocente lector.

«¿Acaso es una señal? ¿Soy el siguiente en la lista?», me preguntaba para mis adentros.

CAPÍTULO 9

Luego mi imaginación empezó a bullir. Empezaba a verme frente a un espejo de baño donde mi cabello me decrecía en un instante y el semblante se me tornaba cenizo. Al mismo tiempo, pensaba en los ojos mortuorios de la abuela y el tumor del tío Alberto. Me pensaba en la cama de un hospital contemplando el respiro de lástima de las gentes que me miraban y también de mi último respiro en un recinto que empecé a evitar. Trataba de controlarme, de estar frío. No quería que ese niño se sintiera mal por mi expresión facial al verle el demacrado rostro y eso que nunca me han agradado los niños.

Quería evitar mirarlo hasta de soslayo, así que decidí levantarme de mi silla e irme. Fingí sorpresa, como si se me hubiese pasado la hora, al observar el reloj de estilo antiguo que estaba arriba de la cabeza de la asistente de biblioteca y que estaba acompañado por una imagen de un George Washington que ostentaba superioridad, sin ninguna voz de viento que lo contradijera.

CAPÍTULO 10

Ya fuera de la biblioteca, mientras esperaba que el maldito semáforo parara el desfile de carros que pasaban a mediana velocidad por la callejuela, pensaba: «¿Ese niño será consciente de lo que tiene? ¿Sus padres le habrán dicho la verdad? ¿Será consciente de que su niñez ha terminado? ¿Por qué perder el tiempo leyendo un cuento?». Y, al mismo tiempo, me ponía a pensar que era afortunado de no haber pasado por eso, al menos, en la niñez.

Luego de que el semáforo hubiera cumplido su función de decir alto a los carros, crucé a paso raudo o, como decía mi madre, a paso de caballo.

Caminar siempre me ha relajado mucho hasta que topé otra vez con el cáncer.

Esta vez, encarnado en una pareja de dos jóvenes. Una mujer hermosa de suaves facciones, de naricita respingada y ojos negros almendrados. Esta cubría su estilizada testa femenina con un paño floral y las cejas, que estaban medianamente difuminadas, eran cubiertas con lápiz marrón. Junto a ella, su hombre, quien vestía una ostentosa ropa de médico y portaba un Seiko italiano de cuatro perillas. La mujer no perdía la sonrisa. Se notaba que ello era parte de su personalidad; sin embargo, no lo era el gesto de resignación del médico que trataba de ocultar con una falsa sonrisa cuando ella volteaba a verlo para luego darle un beso tierno en los labios.

Algo me decía que la profesión de aquel hombre lo hacía sufrir por primera vez. Quizás porque saber mucho, y más de medicina, te hace sabio; pero puede volverte loco cuando te toca ver apagarse lentamente a la mujer que quieres.

Y mientras me alejaba de ellos, a cada paso me decía: «¿Cómo puede alguien sonreír en un momento así? ¿Es quizás ignorancia? ¿Inocencia? ¿O una especie de autoengaño que le permite mantenerse de pie? ¿O ese deseo de creer en algo, en ese algo, de lo que somos capaces solo los humanos? ¿A qué se aferraba esta mujer si no a las probabilidades que los médicos le dan de vivir? Me dije: «Qué va. No debe importarme. No son nada mío. Voy a seguir mi camino».

CAPÍTULO 11

Había vuelto al trabajo después de pedir vacaciones adelantadas (y vaya qué vacaciones). Hacía mi trabajo de intérprete en la agencia de turismo con sus respectivos saludos protocolares con Mengano y Zutano hasta que escuché el timbre del celular que indicaba que la hora de almorzar había llegado. Por fin, un respiro.

Saboreé un delicioso almuerzo (un ají de gallina en mi caso), que traía una señora, que me hacía recordar a la abuela Dora: vieja, trigueñita y con su joroba un tanto particular.

No habían pasado ni diez minutos mientras reposaba en mi oficina hasta que sentí un dolor en el vientre, como unos hincones fuertes. Y no hace falta describir hacia dónde fui y qué hice después.

Ya incorporado y preparado para lavarme las manos en el lavador, sentí un sabor sanguinolento en la boca. Luego decidí escupir, era un escupitajo de sangre.

—¿Qué es esto? —me dije. Mi fuero interno me advirtió que nunca había escupido algo así en mi vida. Me cogí la garganta, luego me toqué el estómago. Me miré al espejo. Lancé un diagnóstico apresurado: «Esto es cáncer, por la sangre que acabo de escupir, por los dolores que sentí».

En ese momento, pedí permiso al jefe de la agencia antes de la hora de salida y me excusé con una emergencia familiar. No hay duda de que esto me había descolocado. Muchas cosas pasaban por mi cabeza mientras descendía por las escaleras que me conducían a la salida como «¿Y, ahora, qué voy hacer?».

CAPÍTULO 12

Fuera de la agencia, caminaba sin ninguna dirección por las calles de Fraternidad. Pensando en qué tendría que hacer en el caso de que mi diagnóstico fuera confirmado por el área de patología.

Para fortuna mía, los estudios correspondientes habían salido negativos, no tenía cáncer. La persona encargada de interpretar los resultados me recomendó ir a un psiquiatra porque, al parecer, padecía de algunos problemas con mi mente. Además de argumentarme que lo mío era, según dicha persona, un problema de las encías. En realidad, una gingivitis mal curada devenida en periodontitis (cosa que comprobé después de ir a la dentista, que me amonestó por no visitar uno en más de diez años).

En fin, decidí sacar una consulta para con el psiquiatra el día sábado empleando mi seguro de salud. Las constantes pesadillas y el insomnio no me dejaban en paz.

Me atendieron un mes después, mes que tuve que soportar todo lo anteriormente mencionado.

CAPÍTULO 13

Después de la espera, ya estaba en el área de psiquiatría. Caminaba por el pasadizo de aquella área donde atienden a los locos o débiles mentales. Era la primera vez que pisaba aquel suelo.

Mi consulta era aquí, detrás de la puerta del consultorio del doctor Vivar, y al frente de este había unas bancas pintarrajeadas de color celeste. Eran un mobiliario abandonado por la mano del hombre, encargado de ejecutar dicha labor. Así como los periódicos murales que estaban con las lunas perfumadas de tierra, el asegurador oxidado y algunas publicaciones sobre campañas médicas desactualizadas. El ambiente ayudaba muchísimo a quienes se aproximaban.

—Jovencito buenmozo, siéntese para que no se canse —dijo la viejecita que ocupaba una de las bancas pintarrajeadas.

—Muchas gracias, pero me gusta estar de pie —respondí.

Mientras caminaba de un lado al otro esperando mi turno de atención, como quien espera el nacimiento de un vástago, me decía: «¿Existirá el destino? Es decir, que todos tenemos nuestra fecha de vencimiento, como los productos que están en el estante de los supermercados, y todo lo demás que hacemos para retrasarlo es una mera ilusión. Y que lo único real es el ahora presente imperfecto del que no somos conscientes y que lo mismo sucede con los planes que hacemos a futuro, pero "Dios se ríe de ellos", como decía una estrafalaria estrella del britpop, a través de una canción. Y sobre el dolor: «¿Cuánto es capaz el ser humano de aguantar? ¿O, dependiendo de la genética de cada uno, los tragos amargos que ofrece la mano de esta tierra embriagan a unos hasta la caída y a otros aún los mantienen aguantando de pie?».

CAPÍTULO 14

Ladeaba los ojos hacia el lugar en donde se encontraban los potenciales pacientes del doctor Vivar, entre ellos yo. Y, para sorpresa mía, aún faltaba una persona. Pero, al parecer, el hastío la invadió y se fue o quizás le incomodaba que diera vueltas de un lugar a otro. En fin, lo importante es que era mi turno.

—Señorita, es mi turno —le dije y me adelanté a la administrativa encargada de anunciar mi apellido.

Entré al consultorio del ya mencionado doctor Vivar.

—Buenas tardes, doctor Vivar —saludé con cortesía.

El psiquiatra no me respondió el saludo, ni siquiera por educación. Solo dijo:

—Entonces, usted viene aquí por...

Le empecé a contar mi problema, aunque con cierto resquemor por su trato inicial.

Advertí que el psiquiatra ni siquiera me miraba cuando le contaba el problema que me ahogaba, intuí que solo esperaba que empleara unos quince de los veinticinco minutos de consulta (o quizás menos) para prescribirme la posología pertinente, que noté ya tenía escrita y preparada sobre su raído escritorio.

Cuando gasté los minutos que me permitía usar mi consulta, me dijo:

—Bueno, joven, lo que usted tiene es un cuadro de psicosis y debe tomar medicación, ¿de acuerdo?

—¿Qué? —pregunté con cierta sorpresa.

—Sí, es una enfermedad mental que no tiene cura; pero con medicación puede llevar una vida normal —agregó el doctor Vivar.

—¿Está usted hablando en serio? —pregunté.

—Sí, por algo soy un psiquiatra con cuarenta años de experiencia. Y tengo que advertirle que esta medicación que le he prescrito no la venden aquí, sino en Estados Unidos. Pero yo la vendo a un precio muy razonable. Mi cuñado, que vive en

Texas, me la envía. Pero, por favor, que esto quede entre nosotros. Lo hago en parte para mejorar su tratamiento, ya que la medicina de aquí no ayuda al tratamiento para quienes padecen psicosis como usted —respondió el doctor Vivar inflando el pecho que superaba a su enorme vientre.

En ese momento, una mujer abre la puerta también raída del consultorio. Era al parecer una doctora joven que hacía su internado en el hospital. Era una mujer de veintitantos años, formas atléticas, pechos llamativos que hacían buena combinación con su piel lechosa, cabellos rubios y unos ojos celestes que parecían océano. Y, por supuesto, de una feminidad que desbordaba al primer parpadeo.

CAPÍTULO 15

—¡Galina! —gritó el doctor Vivar—. ¡Cierra la puerta, niña! ¿Acaso no ves que estoy con un paciente? Y toca antes de entrar.

Mientras el doctor terminaba de reprender a Galina, aún tenía el raciocinio carburando para darme cuenta de que el grasiento con bata, que tenía al frente mío, me quería timar con el tema de las medicinas.

—¡Óigame! ¿Usted cree que soy un pobre imbécil? ¿Cree que no me doy cuenta de que quiere sacarme dinero con esas medicinas que me está ofreciendo? —pregunté exaltado.

—¿Disculpe? —preguntó el doctor Vivar sorprendido.

—¿Todavía tiene el cuajo de hacerse el desatendido? ¿Pero qué clase de médico es usted? —agregué mucho más exaltado.

—¡Joven, no le voy a permitir que me insulte en mi consultorio! —respondió exaltado el doctor Vivar.

—¡Óigame, doctor! ¡Usted vive del tesoro público! Y veo que se la lleva fácil. Me di cuenta de eso desde que no me tomó el saludo y con el trato que le dio a esa doctora joven. Yo no tengo nada en contra de los funcionarios, al menos, de los que tienen vocación; pero usted los deja mal parados. Y ya vi que tenía preparada la receta de las pastillas antes de escuchar mi caso. Veo que usted no tiene respeto por la salud mental de la gente. Y vaya a saber si lo que me dijo de la psicosis es cierto. Algo me dice que no es verdad, pero no tiene sentido quejarse ante la administración de este hospital, porque apelará a la ley sindical y cualquier denuncia laboral quedará envejecida en la burocracia de alguna corte de justicia de esta República Democrática de los Metales y la Melancolía —le dije.

—¿Terminó? —me preguntó el doctor Vivar mientras fingía una tranquilidad que se desdecía con sus brazos cruzados y su respiración algo acelerada.

—¡Váyase al diablo! —le respondí. Agarré la receta rubricada con la peculiar letra con la que escriben los médicos para luego hacerla pedazos y, finalmente, tirársela en la cara antes de cerrar la puerta del consultorio con todas mis fuerzas.

Ya fuera del consultorio, y cuando las revoluciones habían bajado, al llegar casi a la puerta de salida del área de psiquiatría, recordé el rostro de aquella interna de medicina, cuyos ojos aparte de denotar mitológica feminidad, también denotaban hondura inteligencia.

CAPÍTULO 16

Decidí esperarla.

La esperaba en el pasillo, fingía esperar a alguien con actitud cansina (miraba el reloj del celular para ser más creíble). Ella salía del consultorio del doctor Vivar a paso vigilante, pero advirtió mi presencia. Caminaba hacia mí, esquivando la mirada sutilmente, así que decidí abordarla:

—¡Ey, Galina, quería hacerte una pregunta! —le dije.

—¿Sí? —preguntó Galina.

La chica ladeo su rostro hacia mí, este no decía nada; pero mantuvo sus pies apuntando a mi cuerpo, lo que indicaba que era una buena señal.

—¿Qué opinas de mi caso? ¿Del que le hablé al doctor? —pregunté.

—¿Cómo? ¿Yo no escuché nada? —respondió Galina.

—Por favor, no me mientas, pero si se escucha hasta cuando los doctores y las enfermeras…

Ella empezó a reír, aunque trato de disimular.

—¿Entonces escuchaste lo que hablé con el doctor Vivar? —pregunté.

—En parte… —respondió Galina.

—¿En parte? —pregunté.

—Sí, cuando lo mandaste al diablo —respondió Galina con una sonrisa, para luego finalizar con una risa sarcástica.

—Algo me dice que escuchaste algo más —pregunté.

—¿Pero esto qué es? ¿Es un interrogatorio policial o qué?

—No tengo el aspecto de un policía —respondí.

—Ya veo… Creo que eres alguien muy atrevido —respondió Galina con un cierto aire de superioridad.

—Y a un atrevido… ¿cómo debe tratársele? —pregunté.

Galina no tenía una respuesta inmediata con la que rebatirme, así que aproveché:

—Se le debe quitar la palabra y retirarle la presencia o… ¿debería seguir hablando con él? —pregunté.

—Pues…

—Debería seguir hablando con él, pero con la respectiva presentación de por medio. Me presento: Soy Fabián.

Ella empezó a reír y a corresponderme el saludo. Aproveché y empecé a generar contacto físico. La mujer apretaba su tersa y delicada mano con la mía, además de sostenerla algunos segundos mientras me escrutaba con la mirada oceánica.

—¿Qué es lo que buscas de mí? —preguntó Galina.

—Una respuesta de alguien que valga la pena escuchar. Además de tener gran simpatía —respondí.

—¿Qué respuesta buscas? —preguntó Galina.

—Responder a tu pregunta sería un insulto a tu inteligencia. Además, no estarías hablando conmigo ahora mismo, hubieras dado media vuelta y ya, aquí no pasó nada, no tratando de hacer una lucha conmigo.

—Ya veo… —dijo Galina mientras me escrutaba con su mirada oceánica.

Sentí que la conversación estaba cayendo, así que decidí levantarla con algo arriesgado:

—Galina, esto será lo último que diga: veo que eres una mujer valiosa. No creo que seas una chica normalita. Veo inteligencia en ti y, por ende, capacidad para hacer juicios de valor hacia tus potenciales pacientes.

Galina empezó a tornar su rostro en un tono rubicundo y al mismo tiempo atractivo, reflejaba mucha suavidad, al igual que su voz.

—Además, es la hora de almorzar y no me quiero quedar parado aquí muriéndome de hambre y de sed hablando contigo. Para eso existen los restaurantes. Vamos.

—Está bien, pero yo pago lo mío —advirtió Galina.

—Ok, igualmente —respondí.

CAPÍTULO 17

Luego fuimos a un restaurante que quedaba cerca del hospital a degustar menús típicos y catar algunas cebadas y maracuyás. Mientras ella cortaba con el cuchillo el hígado encebollado y yo masticaba una tortita de choclo, se olfateaba los humos culinarios desde la cocina, muy agradables tanto para nuestros olfatos y paladares acostumbrados como para los extranjeros. La mujer detuvo los cubiertos. Hizo un parpadeo astuto y me soltó una cuestión:

—¿Te gustaría hacer la prueba del dibujo? —preguntó Galina.

—¿La prueba de qué? —contrapregunté.

—Del dibujo —afirmó Galina—. Es una prueba para saber con quién estoy hablando y, por ende, dar con el mal psicológico que te aflige, a menos que tengas miedo… —argumentó Galina.

—Bueno, qué más da —dije.

—¿Tienes papel y lápiz? —preguntó Galina.

—¿Por qué usar un lápiz y no un lapicero? —cuestioné.

—Porque al usar lápiz notaré tus pulsos a la hora de trazar el dibujo. Con el lapicero no es posible —argumentó Galina.

—Aquí tengo hojas bond en la mochila, pero no tengo lápiz… —respondí.

Por tal motivo, decidí pedirle un lápiz a la cajera del restaurante que utilizaba como gancho o algo así para sostener un improvisado moño.

—Ok. Dibújate a ti mismo —dijo Galina

Luego empecé a trazar el dibujo mientras Galina me miraba como si viera una especie de retrato.

—Listo. Aquí está —le dije.

—Ok… —respondió Galina mientras analizaba el dibujo.

—¿Entonces? —pregunté.

—Ahora tienes que dibujar una casa.

—¿Una casa? ¿Para qué una casa? —pregunté.

—La casa es para saber el estado de tus relaciones con tu familia.

—Ok... —respondí con cierta incredulidad.

—Aquí tienes...

—Ajá…

—¿Entonces? —pregunté.

—Ahora debes dibujar un árbol.

—¿Pero cuántos dibujos son? —pregunté con cierta molestia.

—Veo que no tienes mucha paciencia, ¿por qué será? Eso lo sabremos si terminas los dibujos. Vamos, continúa… —respondió Galina.

—Está bien —respondí a regañadientes—. Aquí tienes…

Galina cogió los dibujos y los puso en su regazo. Observó y anunció algo que no me esperaba:

—Veo que tienes estrés postraumático. Además, coincide con lo que me has contado sobre lo que le pasó a tu abuela y a tu tío y que nunca habías pasado por eso antes.

—¿Estrés postraumático? —pregunté con cierta ansiedad.

—Sí —respondió Galina mientras analizaba mis primeras reacciones.

—Pero no soy un soldado… —respondí con cierto asombro.

—Bueno, parece que hay mucha propaganda sobre el estrés postraumático, donde solo los perjudicados son los veteranos de guerra; pero no lo creas, para padecer estrés postraumático hay que experimentar un trauma muy fuerte. Puede ser la guerra, la muerte de un ser querido… En tu caso, ver a tus seres queridos apagarse por el cáncer.

—Entiendo.

—Debo también decirte que el estrés postraumático tiene un componente hereditario —anunció Galina.

—¿Cómo? —pregunté con cierto asombro.

—Es decir que, al igual que el cáncer, el estrés postraumático tiene un componente genético. Y algún disparador, como un evento de estrés muy fuerte, puedes desarrollar la enfermedad —respondió Galina.

—Bueno… —le dije mientras imaginaba que mi padre aparecía en mi vida, pensé que su imagen había sido desterrada por mi propia mano. ¿O acaso había una mano invisible?

—¿Sí? —preguntó Galina. Al verme abstraído.

—En mi familia nadie ha sufrido estrés postraumático, a excepción de mi padre, que…

—Era un veterano de guerra, ¿verdad? —preguntó Galina.

—Si, pero… ¿cómo supiste eso? —pregunté sorprendido.

—Experiencia, ojo clínico e independencia —respondió Galina.

Ambos reímos, aunque Galina nunca me despegaba la mirada oceánica.

—Pues... ¿Qué te puedo decir de él? Que fue un veterano de guerra, que combatió contra los terroristas desde 1984 hasta 1987, que sobrevivió y creo que aún no pasa al retiro o quizás sí. No sé...

—¿No sabes? ¿Hace cuánto no hablas con él? —preguntó Galina.

—No, desde hace años. Bueno, solo puedo decirte que tuve que defender a mi madre porque él tuvo un arranque de cólera, a él no le gusta que se le contradiga. No puedo decirte más, espero que lo comprendas —respondí.

—Vaya. Entiendo. Tu padre estuvo en la guerra contra el terrorismo durante ese tiempo, desarrolló estrés postraumático y eso lo heredaste de él. Es ahí donde explotó cuando presenciaste esos horrores del cáncer en tu familia, ese fue el disparador. Fabián, no te molestes, pero tienes mucho de tu padre —dijo Galina.

—Bueno... —le dije. En ese momento no sabía si enojarme o afirmar lo mencionado por Galina, ya que tenía razón. Tenía mucho de aquel hombre que había sobrevivido a dos disparos en el pecho, tres en la yugular y a una explosión de dinamita en la comisaria que resguardaba, quedando ileso. Claro, del cuerpo. La diferencia con el mencionado es que yo nunca he estado en una guerra con un fusil de asalto; pero he sobrevivido a ciertas travesuras como cuando me corté tres venas de la mano derecha al romper la puerta de vidrio de la casita de la abuela por no dejarme jugar con los amigos del barrio al fútbol tras haber reprobado matemáticas y otras cosas como tres accidentes de automóvil en los que iba como pasajero y en los que el corazón casi se me sale por la boca.

—Ya veo —respondió Galina. Sonriendo sin mostrar los dientes—. ¿Sabes?, tampoco debería decírtelo, pero también en la prueba del dibujo sale que eres un egocéntrico —dijo Galina.

—¿Lo dices porque el dibujo abarca todo el papel? ¿Estás segura? ¿O porque soy el reflejo de algo o de alguien a quien conoces del pasado? Quizás… ¿la figura paterna? Hay cosas que se saben sin mucho estudio, solo vivirlas en carne propia, ¿verdad, Galina?—pregunté sin quitarle la mirada de encima. Ella no respondió y yo me animé a seguir—: ¿Una profesional de la mente humana que se sabe inteligente, guapa y demás cosas escapa del egocentrismo? No tengo un dibujo hecho por ti, pero, con verte, me basta para saber que…

—¿Me estás psicoanalizando, «policía»? —preguntó Galina con ironía

—Esperaba que me contraargumentaras, pero respondiste con otra pregunta, lo que me da a entender que necesitabas tiempo para pensar en una respuesta que me dejará perplejo —respondí con la misma dosis de ironía

Ambos reímos al unísono. Y, en esta ocasión, Galina, mostró sus dientes por primera vez. Era una sonrisa tan tierna.

CAPÍTULO 18

—¿Sabes, Galina?, te siento muy cálida para ser doctora. No sé, te veo mucha humanidad; pero, al mismo tiempo, veo que eres una mujer que se compenetra con la realidad material —le dije.

Luego toqué su mano. Pero ella la retiro con sutileza, después de mirarme.

—La verdad es que no quiero trabajar de doctora, no quiero llegar a vieja y decir: «Bueno, ahora empezaré a vivir» —dijo Galina.

—¿Ah, no? ¿Y qué quieres ser? —pregunté.

—No, quiero ser investigadora —respondió Galina.

Era algo contradictorio que alguien que se quería dedicar a la investigación, hubiera gastado parte de su preciado tiempo en ayudar a un desconocido. Había un interés. En definitiva.

—Entiendo… —le dije.

—Tengo la carrera de psicología, la hice solo en tres años. Pero sé que necesito tener el título de doctora, en especialidad de psiquiatría, si quiero ser una investigadora completa. Entre nos, los psicólogos y los psiquiatras se odian —confesó Galina.

—¿En serio? —pregunté.

—Sí, los primeros piensan que los psiquiatras son limitados y mercaderes de medicamentos para hacer depender a sus potenciales pacientes de pastillas. Y los segundos piensan que son limitados porque no saben de ciencia y no han estudiado diez años como ellos o quizás más —dijo Galina.

—Entiendo —respondí.

En ese momento, Galina derramó su vaso de cebada sobre su pantalón blanco, sobre su entrepierna derecha. Raudo la atendí secándole con las servilletas que estaban sobre la mesa.

—¡Qué caballero! —mencionó Galina con una voz particular que me hizo sentir algo en los tímpanos. Luego me miró de reojo, ladeo su rostro hacia el mío, miró mis labios, yo a los suyos y mi instinto venció a mi razón. No pude resistirme. Inmediatamente, su mirada, que destellaba ese brillo tan particular, me hablaba y me decía que debíamos llevar a cabo otro tipo de diálogo. La misma infraestructura del lugar estaba tan bien diseñada para ello, pues, arriba del restaurante, había una hostería. Fue ahí en donde nuestra comunicación fluyó mucho más hasta al punto de quedar extasiados y abrazados.

No hay duda que hubo un alto al fuego.

CAPÍTULO 19

Contemplaba a Galina como una pieza de arte humana, tallada por los dioses. Su rostro tan suave y sus cabellos dorados desprendían un olor tan agradable que me hacía rememorar que las hermosas cosas que da la naturaleza tienen su ciclo de vida.

—Fabián, ¿me amas? —preguntó Galina mientras me miraba con su mirada oceánica.

Yo le sonreí y respondí con un beso. A Galina le brillaron más los ojos mientras me acariciaba con su mano y uñas, tan de mujer, los vellos del pecho. Yo decidí coger un cigarrillo de mi cajetilla de Marlboro rojo que estaba sobre la mesita de noche. Lo encendí. Para finalmente lanzar una bocanada de humo hacia el techo.

—¿En qué piensas? —preguntó Galina.

—En las cosas que puede darte el presente —respondí mientras olía sus cabellos dorados.

—No digas eso —dijo Galina. Para luego besar mi pecho con cierta ternura y acostar su mejilla izquierda sobre este.

Galina, en definitiva, era toda una mujer. Sabía complacer a un hombre con unas palabras, pequeños toques o con todo su ser. A veces, no quería ilusionarme porque sabía que todo lo bueno que empieza siempre debe terminar en algún momento. Maldita lógica.

—Fabián, tu celular está parpadeando —anunció Galina.

En ese momento, ladeé el rostro hacia la mesita de noche y noté que la pantalla de mi celular parpadeaba. Eran casi veinte llamadas perdidas de la prima Luz María. Además de unos casi diez mensajes instantáneos, entre estos, leí: «¿Dónde estás? ¡El abuelo está mal, por favor, ven!».

En ese momento, dije para mis adentros que estaba viviendo otro tiempo presente. Apagué el cigarrillo que calaba, golpeándolo rápidamente sobre el cenicero de vidrio que estaba sobre la mesita de noche. Del mismo modo, me saqué de encima la sábana que me cubría y salté de un brinco hacia mi lado asequible para, enseguida, vestirme de pies a cabeza.

—¿Sucede algo? —preguntó Galina.

—Mi abuelo está mal. Tengo que irme, Galina —respondí.

—¿Qué es lo que tiene?

—No lo sé. Debo ir a verle.

—Fabián, ¿nos volveremos a ver? —preguntó Galina con cierta preocupación.

—Eso solo Dios lo sabe —respondí.

—¿Cómo?

—Tranquila, estaremos en comunicación —respondí para luego besarle sus labios carnosos como si fuera la última vez que besaría en mi vida.

CAPÍTULO 20

Ya fuera de la hostería, tomé el primer taxi estacionado. En esta ocasión, había uno de fácil acceso, ya que la distancia entre mi coordenada y el apartamento de Luz María, donde estaba el abuelo, tenía una cierta distancia. Estaba de noche y el espíritu de la oscuridad (junto con el golpeteo de las gotas de lluvia) me hizo recordar las ocasiones en las que el abuelo se había salvado por un pelo.

Como hace doce años, en aquel tiempo, era bastante joven y había presenciado el infarto del abuelo. Claro, en mi ignorancia pensaba que era un simple vómito; pero era un indicador de infarto. El abuelo había llegado raudo a su domicilio y dijo:

—¡Mujer, dame un balde, quiero vomitar! —mencionó con aliento entrecortado.

—Acá está —respondió la abuela Dora con cierta preocupación.

El abuelo vomitaba cloacas a raudales. Luego se recostó en su mueble preferido, donde leía siempre el periódico. Luego se empezó a desesperarse:

—¡Mujer!, parece que ya… —mencionó el abuelo Máximo con tono moribundo a la abuela Dora.

Mi abuela rápidamente llamó a Luz María, que trabajaba —y hasta ahora trabaja— como enfermera en cardiología. Ella le dijo:

—Llévelo al hospital y lo haremos ingresar rápido a mi tío Máximo. Aquí tengo un contacto.

—Ya, hijita, ahora vamos —respondió la abuela Dora.

Luz María tenía la sangre fría debido a la experiencia de ver muertos ajenos que se amontonaban en uno de los rincones del hospital en el que laboraba. Pero, en esta ocasión, el miedo de la pirueta al vacío hacía que sus glaciares internos se empezarán a derretir. Luz María, viendo al abuelo Máximo a punto de morir, olvidó todo lo aprendido en la escuela de enfermería y las manos le empezaron a temblar. Para fortuna del abuelo Máximo, el cardiólogo y jefe de la mencionada prima le dijo: «¡Oye, carajo, demuestra que tu tío no se equivocó contigo! ¡Así no me sirves acá! ¡Ya, carajo, ponte bien o te vas!».

Esas frases bien escupidas por el cardiólogo hicieron reaccionar a Luz María. Sus nervios e inseguridades desaparecieron. Luz María se sumó a la operación dirigida por el cardiólogo y esta finiquitó en un éxito. Al abuelo Máximo le habían remendado el corazón. Eso alegraba a la abuela y a quienes lo querían.

CAPÍTULO 21

Llegué otra vez al apartamento de la prima Luz María, que divisaba desde la ventana trasera del taxi, y que parecía una suerte de hospital limpio desde que la abuela Dora enfermó. Recuerdo que en una ocasión rompió con el enamoradito de turno porque este le enrostró que no tenía tiempo para él y que gastaba su juventud en unos viejos que ya no servían para nada. Luz María no toleró aquella sentencia hiriente y le respondió con una cachetada para, posteriormente, arrojarle el anillo de compromiso. Yo no me creía lo que me contaba hasta que leí el fallo judicial en donde, el Fulanito en mención, debía estar a mil metros lejos de ella. En fin, llegué al apartamento de Luz María (otra vez). Pagué el taxi. Creo que pagué más de lo debido, también creo que se le cayó al taxista. El asunto es que subí las escaleras que me conducían a la conocida puerta de Luz María hasta que escuché un alarido de alguien que perdía el alma:

—¡¡¡Abuelo Máximo, no nos dejes!!!

Inmediatamente, golpeé con toda la fuerza la puerta del apartamento de Luz María, la adrenalina estaba a tope, como quien se está asfixiando y busca una ráfaga de aire.

—¿Dónde está el abuelo Máximo? —pregunté con agitación.

—Fabián, acaba de… —respondió Luz María, quien no terminó de decir la palabra porque su lengua había muerto en ese momento.

Abracé a la prima Luz María, quien me decía entre sollozos:

—Primo, el abuelo Máximo me decía que lo mandará a un asilo porque no quería ser un estorbo para mí. Yo le decía que no dijera eso, que era mi deber —sentenció Luz María, al mismo tiempo que soltó un sollozo estruendoso.

—Tranquila, prima —le respondí mientras controlaba mi respiración para evitar que la emoción me destruyera.

—¿Dónde está el abuelo Máximo? —pregunté con estoicismo.

—En la habitación donde estaba la abuela Dora —respondió Luz María mucho más calmada.

Di cinco pasos largos de la sala hacia el lecho. Quería ver su rostro. La puerta estaba abierta. Estaba con los ojos cerrados y con una sonrisa dibujada. Tenía en sus manos el portarretrato donde protagonizaba, junto con la abuela Dora, su matrimonio en el año 1958.

Me sentí frustrado en ese momento porque no pude despedirme del abuelo, pero luego recordé lo que sucedió en el año 2017, cuando al abuelo Máximo le había dado un bajón de azúcar. En esas circunstancias, el abuelo estaba en lo que llamaría el área de emergencias de un hospital público, un lugar donde hacinan a muchos pacientes en camillas sin importar si uno puede contagiar a otro de algo. Yo solo tenía diez minutos para verle, según instrucción del vigilante que resguardaba el recinto de urgencias. Lo miré. Estaba en un rincón. Era el último de una fila de enfermos que no tenían otra opción que estar aquí. Y debían esperar su turno para la atención debida. O, mejor dicho, la desatención obligada. «¡Hijoooo!», gritó el abuelo Máximo al verme a la distancia. Yo le respondí que estuviera tranquilo mientras me acercaba a él a paso rápido. «Hijo, ya me voy a morir… ¡Ya me voy a morir!».

El abuelo empezó a delirar. Luego, en un atisbo de lucidez, me cogió la mano con fuerza, me miró fijamente y me suplicó: «¡Hijo, prométeme que vas a cuidar a tu madre! Eres lo único que ella tiene, hijo... Yo nunca he tenido madre, nunca he tenido madre... ¡Y tú sí! ¡Prométeme! ¡Prométeme! ¡Quiero saber antes de morirme!».

Recuerdo pensar que el abuelo moriría en este mugroso hacinamiento, donde algunos seres serían devorados por fosas comunes, nichos o calderas para quien pudiera pagarlo (aunque, pensándolo bien, lo dudo, dado el lugar de fallecimiento). Se lo prometí. Luego me cogió el rostro con sus manos fuertes, rudas y callosas, producto de trabajar décadas como albañil para mantener a su familia, a la que siempre antepuso antes que a él mismo.

«Gracias, hijo, ahora estoy más tranquilo», dijo el abuelo Máximo. Me palmeó las mejillas a corta distancia y a rápida velocidad, más de cinco veces, para culminar con una sonrisa imperfecta. Yo le repetí con toda la asertividad que reuní: «No te preocupes, viejo, te lo prometo».

Ahí pensé que aquel momento fue una despedida por adelantado. Y aquello me dio cierta paz en la conciencia.

CAPÍTULO 22

Advertí el sonido de los zapatos de alguien. Me volví para observar a la persona dueña de aquellos pasos. Y, para sorpresa mía, era el famoso Cura, quien contemplaba al abuelo a través de unas gafas oscuras de aviador, además de peinar hacia abajo, con el anular y el índice, su bigote de brocha, que ostentaba desde que le conozco. ¿Cómo llegó aquí? ¿Luz María le avisó? ¿Por qué no habría escuchado la puerta? ¿Quizás estaba tan ensimismado con la despedida anticipada del abuelo Máximo que no me percaté? En fin, el Cura estaba frente a él. Yo, a un costado, pues una vista panorámica de aquellas paredes crema; el suero casi a la mitad; un hedor a orín, que era cansino hasta la náusea, que ya ni siquiera era triste. Quizás me había acostumbrado a este tipo de paisajes.

—Fue un gran hombre, hijo —dijo el Cura.

—Eso ya lo sé, Cura —respondí.

—Hijo, lo siento mucho. Sobre todo, por tu madre. Sus padres que eran, aparte de ti, lo más amado de su mundo —dijo el Cura.

—Eso también lo sé —respondí.

—Vamos, hijo, ya está muerto —dijo el Cura.

—Así es, ya no hay nada que hacer aquí —respondí.

Salimos, pero yo me adelanté para no ver más la presencia del cura. Mi prima Luz María evitó que se cerrara la puerta del cuarto que albergaba al abuelo. Entró para quitarle la ropa y vestirlo con su terno azul marino y corbata vino tinto para, posteriormente, depositarlo en el ataúd que cubría su seguro de obrero. Yo no miré las acciones predecibles de tal procedimiento; pues, aunque suene duro, es mejor que la gente sea tirada al mar en forma de ceniza. Así uno identifica mejor a los que sufren de culpa e hipocresía en los cementerios que a los que, en una conversación, con unas cervezas encima, dicen: «Extraño a tal persona, que pena que se murió, carajo».

—Hijo, espera, quiero hablar contigo —dijo el Cura.

—Yo no tengo nada que hablar contigo, no me hagas perder mi tiempo, ¿quieres? —respondí.

—Es urgente, por favor… —insistió el Cura.

—No es de mi incumbencia —respondí.

—Solo quería despedirme —dijo el Cura.

—¿Despedirte? —pregunté con cierto desconcierto.

—Sí, despedirme —respondió el Cura.

—No entiendo —pregunté.

—¿Podemos hablar afuera, en ese parque que está a una cuadra del apartamento de tu prima Luz María? No quiero que ella escuche… —preguntó el Cura.

—Está bien, pero que sea rápido —respondí con ánimo de finiquitar todo contacto con él.

Nos aproximamos al parque que quedaba cerca del apartamento de la prima. Tenía unas bancas machacadas por una fuerza que, al parecer, era superior a la fuerza humana, quizás una especie de terremoto.

—Lo que te voy a confesar no quiero que tu madre lo sepa, porque no quiero que ella sufra. Y, ahora que su padre ha muerto, tú debes velar por ella.

—Vaya al grano —le dije.

—Es posible que tenga cáncer —respondió el Cura.

En ese momento, el sonido del motor de los carros, los cláxones de estos y de algunos camiones, el gorgoteo de las palomas y hasta los pasos de las hormigas que trabajaban en la tierra día a día se detuvieron.

—...

—¿Ves esto que tengo en el ojo? —preguntó el Cura mientras, al mismo tiempo, se sacaba las gafas, que tapaban aquello que me iba a revelar.

—¿Un chalazión? —pregunté.

—Fui al oculista y me dijo que es demasiado grande para que sea una de esas cosas que dices, así que hoy me lo extirparán para luego mandarlo a patología y saber si es o no un melanoma —respondió el Cura con la frialdad que lo caracterizaba, pero, al mismo tiempo, con cierta duda en sus palabras.

—Entiendo —respondí, aunque ya no sabía qué pensar de esta enfermedad. No sabía qué sentir en ese momento.

—¿Sabes, hijo?, cuando recibí la noticia de este posible cáncer, la primera persona en la que pensé fue en ti. Recordé cuando tuve veintitrés años y tuve que despedirme de tu madre embarazada de ti para ir a la guerra contra los terroristas, allá por la Sierra.

—La guerra y la muerte… —respondí en un tono meditabundo.

—«La guerra y la muerte». Palabras que nunca olvidas desde que uno se hace soldado —respondió el Cura manteniendo su mirada fría y nebulosa.

—Algunos soldados no usan uniforme y libran guerras silenciosas con enemigos silenciosos —respondí.

—Cierto —respondió el Cura.

—Cura, sé que no es el momento ni el lugar para hablar de esto, pero algo dentro de mí me dice que debo preguntarte esto. Es mi oportunidad para preguntarte sobre la guerra —le dije.

—¿Qué te puedo decir, hijo? Que aún sigo vivo, hasta ahora. Mañana, pasado mañana, no sé —respondió el Cura.

—«Mañana, pasado mañana, no sé». Me recuerda a las frases de los libros sobre disfrutar el presente y demás cosas, pero solo se puede entender cuando se está involucrado en el proceso. Ahora lo entiendo, nunca sabes cuándo te va a tocar —respondí.

—Así es, hijo —afirmó el Cura.

—Cura, tú nunca quisiste ser soldado, ¿verdad? —pregunté.

—Hijo, fue necesidad. Recuerda que era de la Sierra. No había plata en la casa. Había hambre, mi madre sostenía la casa lavando ropa, limpiando casas y reciclando, a veces, para completar el día; además, mi vieja ya estaba maluca por la edad. Yo era el mayor de los hermanos y debía dar la cara por ella y por ellos —respondió el Cura.

—Entiendo. Pero, en esta ocasión, no permitiré que desvíes la conversación. Siempre has tratado de evitar hablar de tu experiencia en la guerra. ¿Por qué? ¿Acaso te marcó mucho?

—Imagínate ingresar a la Guardia Civil, a los veinte años, y, al año de egresar, ir a una guerra contra los terroristas de los que no sabes nada. Imagina terminar tu internado y escuchar al señorito y pituco del presidente que anuncia «Zona de emergencia» y que debemos ir también a la guerra junto con los militares. ¿Sabes? Ahora entiendo por qué los militares del 68 le dieron golpe de Estado a ese imbécil en su primer gobierno y me alegra, la verdad —respondió el Cura con cierto enojo y resentimiento.

—Entiendo. Cura, mira, recuerdo en una ocasión que un tipo alto, quizás lo conozcas, jugaba con sus nietos, en el pasamanos, en el Parque Olimpo, donde hacia calistenia, me comentó que había luchado contra los terroristas. Vestía una camiseta de la promoción de la Guardia Civil 1983 y me dijo que todo efectivo que combatió contra los terroristas tuvo que llevar a cabo la famosísima Prueba del valor —le dije.

—Sí, sí, la Prueba del valor, aún me acuerdo de eso. Tengo hasta una foto de eso. Recuerdo que el instructor nos hizo matar a un perro con un puñal sin piedad. Luego lo abres, le sacas el corazón (o las vísceras) y te lo comes para luego decir: «¡¡¡Ahhhhhhhh!!! ¡¡¡Viva la patria, carajo!!!». Luego empezabas a mancharte con la sangre del perro el rostro y el torso desnudo. Eso tuvo como finalidad volverte valiente y no tener miedo a nada. Claro, en teoría. Porque igual tienes miedo al momento de disparar contra el enemigo. Cualquiera que ha combatido y te dice que no tiene miedo te está mintiendo —respondió el Cura.

—Sí, eso me dijo aquel tipo —le dije.

—También que a algunos les temblaba la mano cuando tenían el puñal en la mano y el instructor, mientras les golpeaba la cabeza a manotazos, les gritaba: «¡Salga de acá, carajo, usted no sirve para la guerra!» —agregó el Cura.

—Yo no podría hacer eso. Yo atacaría al instructor por obligarme hacer ese tipo de barbaridades y al mismo batallón si estos le defendieran, aunque me maten y rematen a golpes y patadas en el piso. Soy consciente de que el tener un animal doméstico te hace conservar tu humanidad, pues quien muestra piedad hacia un ser débil mantiene lo que le hace humano. Aunque ya sé que esto puede sonar contradictorio en otros aspectos… —le dije.

—¿Sabías que los nazis sentían afecto por sus perros pastores? ¿Sabías que los nazis disfrutaban ver, como sus perros pastores, mordisqueaban a sus prisioneros de guerra como si fueran pedazos de carne o pellejos? Pero ellos amaban a los perros, ¿verdad? Incluso Hitler, creo que amaba más a su perro que a su propia madre. Los hombres no viven en paz. La paz es transitoria. Sí, paz transitoria, porque me molesta cuando habla un cojudo de esos y dice: «Ahora vivimos en paz». Montón de estupideces. Todo hombre tiene un instinto de supervivencia y este se activa cuando está acorralado y desconoce lo que puede hacer en ese momento. Eso pasa en las guerras, en los entrenamientos que tuvimos que pasar para hacernos duros frente a los terroristas, hijo —dijo el Cura.

Pensaba en lo que el Cura me contaba. Recordé en una oportunidad, hace un tiempo, cuando tenía una enamorada de adolescente, la cual fui a visitar a su casa, y me topé con una foto familiar de ella y sus padres. Y, para curiosidad mía, su padre, un policía, quien estaba en la fotografía, cargaba un perrito labrador. Y ahora que lo pienso, pero... ¿cómo? ¿Cómo puede sentir alguien afecto por un perro cuando antes había matado a otro sin piedad en un entrenamiento de guerra? Quizás la única explicación pueda darla quien ha experimentado eso. Por mi parte, no pienso acceder a esta experiencia. ¿Qué clase de valor es ese? ¿Qué honor hay en eso?

—Fue parte del curso de combate, hijo, para prepararnos para la guerra contra los terroristas —dijo el Cura.

—¿Sirvió de algo? —pregunté.

—En parte, pero igual se siente miedo a la hora de combatir —respondió el Cura.

—También me dijo el tipo que respondía a extraños como yo ese tipo de experiencias porque no quería que sus hijos supieran lo que tuvo que pasar en los entrenamientos para combatir a los terroristas. Tampoco les diría a sus nietos si llega a viejo, claro —mencioné.

—Hijo, en ocasiones quienes han sobrevivido a una guerra, no quieren que sus hijos pasen por eso. Y desean que se dediquen a otra cosa que no tenga nada que ver con la guerra —respondió el Cura.

—Entiendo, debe haber sido terrible —le dije.

—Imagínate estar con tu tropa y uno de ellos te hace una broma, al instante, te salpica en tu cara la sangre de la cabeza de tu compañero, que fue perforada por un francotirador terrorista, y luego tener que repeler el ataque sin poder tener el tiempo para tragar aquel episodio, que aún guardo en mi memoria —narró el Cura. Y al mismo tiempo, los iris de sus ojos se hundieron.

—Tienes estrés postraumático, ¿verdad? —pregunté.

—Sí, pero lo puedo controlar mejor —respondió el Cura.

—¿A qué te refieres con controlar? —pregunté.

—Bueno, anteriormente, al menor sonido de un carro, un globo infantil reventado o, en ocasiones, cuando perdía la paciencia con alguien…

—¿Como lo que pasó hace años con mi madre? —pregunté.

—Sí —respondió el Cura—. Me siento apenado por lo sucedido, hijo.

—Entiendo, Cura…

En ese momento, entendí que, cuando la muerte está cerca, los sentimientos afloran y el orgullo se desvanece. Lo estaba experimentando.

—Pero, bueno, estábamos conversando sobre la guerra —le dije.

—Sí, me acuerdo que me tocaba hacer guardia en la comisaria. Estaba con mi pistola, mi fusil de asalto y un puñal de guerra escondido en la bota, en caso de pelea cuerpo a cuerpo. No dormía. Estaba atento a todo y a todos, ya que en la misma Policía había agentes dobles, que informaban a los terroristas de nuestras coordenadas, y, por eso mismo, eran efectivas las emboscadas de parte de los terroristas. ¿Sabes?, yo desconfiaba de casi todos en un inicio. No recibía nada de nadie, ni un vaso con agua por miedo a ser envenenado. Pero esto fue hasta que recibimos ayuda del extranjero en materia de espionaje, para detectar soplones. Pero, como te decía en esa oportunidad, algo sonaba cerca de la ventana de mi habitación y no dude en disparar. Era un gato negro. Pobre gato. Por eso es que tengo esta cara. Esas cosas te marcan. Marcas que solo tú puedes mirar. Hijo, en una guerra te tienes que deshumanizar, de lo contrario te mueres en ese instante. Me acuerdo aún cuando tu madre me respondió una carta, en la que me confirmaba que estaba a punto de traerte a este mundo. Yo, en ese momento, tuve que contener mi alegría porque habían matado a dos de mis compañeros, uno perdió la pierna al pisar una mina y a otro le habían sacado los ojos después de matarlo con un mortero (para quebrar nuestra moral) y si me ponía sentimental, era presa fácil de los terroristas. Así que tuve un gran conflicto en mí, en ese momento —dijo el Cura. Movió la cabeza, como quien está fatigado de reproducir tantas imágenes de un pasado que no se quiere recordar.

—Entiendo por lo que has pasado, Cura —respondí. Al mismo tiempo, reflexioné sobre la dura vida que vive un soldado. La gran cantidad de humo, la basura y rostros que le perseguirán por el resto de sus días. Sobre todo, pensaba en que un soldado siempre estará solo al momento de irse a dormir.

—No sé si tu madre te ha contado, pero cuando recibí una carta donde confirmaba tu nacimiento estaba en una gran encrucijada —dijo el Cura.

—¿Una encrucijada? —pregunté.

—Sí, era 1987 y el terrorismo estaba tomando territorio. Habían tomado parte de nuestras armas y yo estaba en una encrucijada: seguir en batalla, que sentí que estábamos perdiendo (pero no perdimos, menos mal) o ir a verte. No sabía si perdería la única oportunidad de ver nacer a mi primer hijo varón. Debía tomar una decisión en ese momento —respondió el Cura.

El Cura terminó su relato y sentí una tensión en la garganta que subía hasta mis ojos. No encontraba una palabra exacta para la descripción de aquella sensación.

—Entiendo —respondí mientras por dentro sentía que hablaba con el verdadero Cura. Al mismo tiempo, empezaba a sentir calor en los globos oculares, pero traté de reducir la temperatura a pura cabeza.

—Por eso mismo, decidí ir a Fraternidad para ir a verte al hospital —respondió el Cura.

—Pero… ¿cómo? ¿Eso no era deserción? —pregunté.

—Sí, me jugaba la libertad. Solo le comenté a un compañero de mi confianza, que era paisano mío, que me ayudó con el tema. Lo habían enviado junto con otros más ante el número de bajas que teníamos de nuestro lado. Además, si el enemigo me capturaba y me tomaban prisionero, me torturaban; luego me troceaban para esparcir mis restos cerca de mi tropa para bajar su moral, era mejor morir. Y ya nos habían dicho los instructores que es mejor morir que ser un prisionero de guerra, ya que eso es lo peor que le puede pasar a un soldado —dijo el Cura.

—Puedo imaginar todo lo que sentiste en ese momento —le dije.

—Sentí que mi vida pasó rápido en aquel momento, como una carrera de bólidos, pero el disfraz de campesino me ayudó —dijo el Cura.

—¿Te vestiste de campesino? —pregunté absorto.

—Sí. Me vestí de campesino e imité bien su manera de hablar, sus gestos. Recuerda que, si bien soy del campo, me eduqué en el seminario, donde gané una beca, y ahí te enseñaban a portarte bien en la mesa, leer en latín, griego antiguo, hablar algo de francés, literatura, tocar música clásica y otras cojudeces. Además, me ayudaban mis rasgos toscos y color cobrizo. Y bueno, así llegué a Fraternidad, aunque no sé puede negar que sentí miedo. Y, al llegar, no me importaba las malas caras que me ponían la familia de tu madre, solo necesitaba tenerte entre mis brazos y saber que se sentía al ser padre, por primera vez, de tu primer hijo varón —respondió el Cura.

En ese momento, no pude más y lloré, al igual que mi padre, sin escuchar sollozos algunos, solo nuestra respiración y latidos acelerados.

—Hijo, tenías mi rostro, mis manos y eras colorado como tu abuelo. Ese hombre que siempre me dio mi lugar como tu padre. Todo un señor. Todo un caballero. Recuerdo que en una oportunidad tu abuela no quería que asistiera a tu cumpleaños, pero tu abuelo se impuso. Delante de mí le dijo: «¿Qué? ¿No han invitado al padre de Fabián al cumpleaños? ¿Por qué?».

—Sí, mi abuelo siempre me hablaba bien de ti.

—Por cierto, sé que has estado con una chica.

—¿Cómo lo sabes?

—Recuerda que he sido, aparte de veterano de guerra, un guardia civil devenido en policía nacional. Recuerda que por la estupidez o, mejor dicho, conveniencia de un presidente ladrón se unificaron la Guardia Civil, Guardia Republicana y la Policía de Investigaciones en un solo cuerpo: la Policía Nacional. Entonces sé camuflarme para que nadie pueda notar mi presencia a la hora de seguirle los pasos a alguien.

—Ya veo. Y, respondiendo a tu pregunta, sí, se llama Galina. Es una linda chica. Muy afectuosa. Pero la estoy conociendo aún.

—Y seguro más adelante se casarán…

—No lo creo. El matrimonio es para los hombres santos (como mi abuelo) o para el que está muy mayor y el miedo a estar solito lo invade. Para los hombres aficionados a la cacería de féminas, la experiencia del matrimonio no tiene lugar ni en su imaginación. Solo hay que mirar los antecedentes de cercanos o lejanos, de propios o de extraños, para saber cómo terminan esas cosas rutinarias. Porque hay muchas esposas abnegadas, pero felizmente cornudas. Y la verdad, si fuera hijo de una esposa abnegada, pero felizmente cornuda, que aguanta engaño tras engaño del marido, preferiría ser un orgulloso huérfano. ¿Acaso un hombre puede querer, de verdad, a una mujer que no se respeta a sí misma? —respondí.

El Cura guardó silencio sepulcral y pidió que cambiásemos de tema.

—Cura, ¿de no haber sido suboficial de policía qué hubieras querido ser?

—Abogado.

—¿Qué sucedió? —pregunté.

—No hubo oportunidad —respondió el Cura.

—Conozco suboficiales que empezaron como tú. Es decir, que no tenían recursos económicos, que solo estaban ahí hasta poder pagarse la carrera o postular a la universidad pública —mencioné.

—Hijo, me inscribí en el examen de admisión de la universidad pública. Había ingresado en el primer lugar. Estudiaba los domingos. Era una modalidad para los miembros de la Policía Nacional y las Fuerzas Armadas.

—Entonces, ¿qué pasó? —pregunté.

—El trago, las mujeres, las juergas hicieron que me descuidara en los estudios y reprobé el ciclo académico. Eso me desmoralizó y decidí dejarlo todo.

—¿Qué? Pero… ¿Por qué? Pudiste haberlo intentado otra vez. Tenías tu trabajo. Pudiste volver a empezar —respondí.

—No, hijo —respondió el Cura.

—Ahora entiendo la razón de tu casi obsesión por persuadirme de estudiar Derecho al terminar el colegio. Y el enojo tuyo al elegir estudiar Traducción e Interpretación. También comprendo el porqué de tu molestia cuando reprobé matemáticas en el colegio y del que yo no haya sufrido por ello.

El Cura quedó apesadumbrado.

—Hijo…

—Pienso que no debiste rendirte. Si era tu sueño ser abogado, debiste haber luchado por ello —respondí.

—Tu madre ahora es una profesional, no como yo, que nunca lo fui —respondió el Cura.

—No te digas eso, ¿crees que es poca cosa ir a una guerra y estar aquí para contarlo? ¿Crees que es más valioso ser abogado que ser un soldado? —pregunté.

—Para mí, sí.

—¿Estatus? —pregunté.

—Puede ser, hijo —respondió el Cura.

—Depende de cómo lo mires. En unas tierras donde hay patriotismo, ser soldado es algo digno; en otras, ser abogado es ser un gran embaucador de sus propios clientes. Mira, si revisas la historia, la profesión de los que estudiaban traducción o se dedicaban a las letras era algo muy respetado. Hoy por hoy, en esta República Democrática de los Metales y la Melancolía, la envidia hacia el otro es el mayor valor humano percibido. Y la profesión de traductor es equiparable al hombre negado para los números y las ciencias. ¿Acaso esos hombres de números y ciencias creen que el trabajo de traductor es fácil? ¿Creen que traducir una obra literaria lo puede hacer cualquiera? ¿Acaso se creen capaces de interpretar al Quijote? ¿Se han puesto a pensar alguna vez estos genios qué la máxima expresión de libertad está en la literatura?

—Quizás tengas razón, hijo.

—Cura, siempre quise hacerte esta pregunta: ¿Qué es la muerte para ti?

—Hijo, cuando se muere se pierde todo. Pero hay algo que no puedes perder mientras resistes el dolor de la incertidumbre, fue algo que aprendí en la guerra: la esperanza de volver abrir los ojos cada mañana, de que exista un alto al fuego para hacer lo que tengas que hacer, de tratar de dejar algo en alguien para ser recordado. Podría ser vanidad, no lo sé. No soy psicólogo, pero es lo que aprendí —respondió el Cura.

—¿Crees que la guerra sirva de algo?

—Es inevitable en muchas ocasiones.

—Es la razón de la fuerza.

—¿La razón de la fuerza? —preguntó el Cura.

—Sí, a mí también me pareció un poco cojuda esa frase, pero tiene sentido cuando la piensas un poco y revisas algo de historia universal. No estoy de acuerdo con esa estupidez de la Prueba del valor, pero sé que la guerra existe. Siempre ha existido. Y seguirá existiendo. Y cuando la guerra termina en victoria, por alguna de las partes, ya no hay más explicaciones que dar. Y sobre las reglas de la guerra… Mejor no comentamos.

—Bueno, solo espero que nunca experimentes una guerra. Yo la recuerdo aún como si fuera ayer, pero me sé controlar mejor que antes —dijo el Cura.

—Nunca se sabe cuando un hombre debe empuñar las armas para defender a su patria (si la ama), su honor (si lo tiene) y a los suyos (si los tiene presentes). Nunca se sabe si, en algún momento de mi vida, deba tomar las armas. Hay cosas que no podemos controlar —respondí.

En ese momento, llegó el tío Alberto junto con mi madre, quienes bajaron rápido del taxi a presenciar el cuerpo acaecido del abuelo Máximo para llorarlo. El Cura se percató de la presencia de ambos, pero anunció su preocupación por si mi madre lo pudiese ver:

—No quiero que tu madre me vea. Vamos, debes ir a ver a tu madre y apoyarla en este momento. Además, quiero que le entregues esta carta en el caso de mi muerte y este otro sobre es para ti, ahí están las indicaciones sobre mi testamento. Anda, hijo. Tu madre ahora te necesita. Eres lo único que ella tiene ahora —dijo el Cura.

—Mucha suerte, papá —le respondí.

—Había perdido la esperanza de que me dijeras «papá» —dijo el Cura emocionado.

—Yo también y mucha suerte con los resultados —respondí con cierta sorpresa porque lo había dicho sin premeditación.

—Gracias, hijo —respondió el Cura aún sorprendido.

Le extendí la mano, el Cura fue recíproco, luego nos unimos en un gran abrazo. Nos palmeamos las espaldas anchas con fuerza para luego partir a nuestros distintos destinos. Los golpes que nos dimos, en aquel momento de rabia, habían desaparecido.

CAPÍTULO 23

El Cura se había librado de la muerte otra vez. Festejamos. Regresamos a revivir un deporte que unía a nuestras sangres: nadar en aguas abiertas en la playa de Totora y conversar de profundidades y banalidades, acompañados de dos cervezas rubias al polo, sus respectivas tortitas acevichadas y un humeante arroz con pollo, que era imprescindible en esta parte del océano Pacífico, que fungía de espejo de este sol incandescente. Por otra parte, me había dado un consejo sobre cómo sobrellevar el estrés postraumático:

—Cuando te regrese una imagen de esas, carajo, dile: ¡Brindo por eso! ¡Salud, carajo! —dijo el Cura mientras se tomaba su pequeña cerveza rubia.

Por otra parte, el tío Alberto había superado el cáncer tres meses después de firmar el acta de defunción de su padre y yo de firmar la paz con el mío. Lo invité a tomar unos cafés y conversar un poco sobre temas de historia y de política que siempre le han encantado, sobre todo, al corregirme al citar cronologías en las que siempre he sido malo:

—La memoria para estas cosas es importante —dijo el tío Alberto—. La memoria no es la inteligencia de los imbéciles. Eso lo dijo alguien que no gusta de la precisión o esta senil.

EPÍLOGO

Fabián y Galina se fueron de la República Democrática de los Metales y la Melancolía en mayo del 2019 para iniciar un proyecto de vida juntos en un país muy lejos del mar Mediterráneo, en donde el frío es inclemente, pero el color de la nieve es hermosa y en donde imperan un castillo y un reloj de campanadas mágicas, erguidos sobre una gran plaza histórica.

Su madre le había dicho, antes de subir al avión que le esperaba, llorando, que si él era feliz allá, ella también lo era. Fabián había dicho que siempre estará vigilándola desde cualquier coordenada en la que se encuentre.

Pero siete meses después, una noche, antes de celebrar año nuevo, en aquel hermoso país, Fabián murió casi a los 33 años de un cuchillazo por la espalda a manos de una vieja esquizofrénica que quería matar a Galina, justo cuando había decidido comprometerse con ella.

Su madre ese mismo día también murió al escuchar aquella fatal noticia por el celular.

Pero su padre aún no ha muerto. Y, aunque ya no es el mismo después de tantos años de guerras, se niega a vivir por instinto. ¿Qué esperar ahora? Nada de esta tierra. ¿Ser una víctima? ¿Ser un renegado? Sería perder el tiempo, perder energías. Y eso no me lo puedo permitir ahora. Solo guardo la esperanza de que el día de mi partida mi voz resuene en algunos pocos corazones afines, que después de mi muerte no sea un libro cerrado, que se oiga, palpite y se repita. En algún lugar…

Firma: El Cura, ante todo, padre de Fabián. Jamás su amigo.

Printed in Great Britain
by Amazon

30805098R00067